Estimados padres de familia,

Están a punto de comenzar una emocionante aventura con su hijo y nosotros ¡seremos su guía!

Su misión es: Convertir a su hijo en un lector.

Nuestra misión: Hacerlo divertido.

LEVEL UP! READERS les da oportunidades para lectura independiente para todos los niños, comenzando con aquellos que ya saben el abecedario. Nuestro programa tiene una estructura flexible que hará que los nuevos lectores se sientan emocionados y que alcancen sus logros, no aburridos o frustrados. Los Niveles de Lectura Guiada en la parte posterior de cada libro serán su guía para encontrar el nivel adecuado. ¿Cómo comenzar?

Cada nivel de lectura desarrolla nuevas habilidades:

Nivel 1: PREPARANDO: Desde conocer el abecedario hasta decifrar palabras.
lenguaje básico – repetición – claves visuales
Niveles de Lectura Guiada: aa, A, B, C, D

Nivel 2: MEJORANDO: Desde decifrar palabras individuales hasta leer oraciones completas.
palabras comúnes – oraciones cortas – cuentos sencillos
Niveles de Lectura Guiada: C, D, E, F, G

Nivel 3: A JUGAR: Desde leer oraciones sencillas hasta disfrutar cuentos completos.
nuevas palabras – temas comúnes – historias divertidas
Niveles de Lectura Guiada: E, F, G, H, I, J

Nivel 4: EL RETO: Navega por oraciones complejas y aprende nuevo vocabulario.
vocabulario interesante – oraciones más largas – cuentos emocionantes
Niveles de Lectura Guiada: H, I, J, K, L, M

Nivel 5: EXPLORA: Prepárate para leer libros en capítulos.
capítulos cortos – párrafos – historias complejas
Niveles de Lectura Guiada: K, L, M, N, O, P

¡Déle el control al lector!

Aventuras y diversión le esparan en cada nivel.

Obtenga más información en:
littlebeebooks.com/leveluppreaders

Dear Parents,

You are about to begin an exciting adventure with your child, and we're here to be your guide!

Your mission: Raise a reader.

Our mission: Make it fun.

LEVEL UP! READERS provides independent reading opportunities for all children, starting with those who already know the alphabet. Our program's flexible structure helps new readers feel excited and accomplished, not bored or frustrated. The Guided Reading Level shown on the back of each book helps caregivers and educators find just the right fit. So where do you start?

Each level unlocks new skills:

Level 1: GET READY: From knowing the alphabet to decoding words.
basic language – repetition – picture clues
Guided Reading Levels: aa, A, B, C, D

Level 2: POWER UP: From decoding single words to reading whole sentences.
common words – short sentences – simple stories
Guided Reading Levels: C, D, E, F, G

Level 3: PLAY: From reading simple sentences to enjoying whole stories.
new words – popular themes – fun stories
Guided Reading Levels: E, F, G, H, I, J

Level 4: CHALLENGE: Navigate complex sentences and learn new vocabulary.
interest-based vocabulary – longer sentences – exciting stories
Guided Reading Levels: H, I, J, K, L, M

Level 5: EXPLORE: Prepare for chapter books.
short chapters – paragraphs – complex stories
Guided Reading Levels: K, L, M, N, O, P

Put the controls in the hands of the reader!

Fun and adventure await on every level.

Find out more at:
littlebeebooks.com/leveluppreaders

BuzzPop

An imprint of Little Bee Books
New York, NY
Copyright © 2019 Disney Enterprises, Inc. and Pixar.
All rights reserved, including the right of reproduction
in whole or in part in any form.
BuzzPop is a trademark of Little Bee Books, and associated
colophon is a trademark of Little Bee Books.
Manufactured in China RRD 1021
ISBN 978-1-4998-0882-7 (hc)
First Edition 10 9 8 7 6 5 4 3 2
ISBN 978-1-4998-0881-0 (pbk)
First Edition 10 9 8 7 6 5 4 3 2 1

For information about special discounts on bulk purchases,
please contact Little Bee Books at sales@littlebeebooks.com.

buzzpopbooks.com

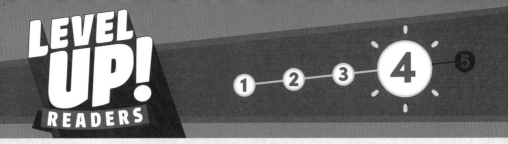

Disney · PIXAR

COCO

LA GUITARRA DE MIGUEL
MIGUEL'S GUITAR

Adaptation by R. J. Cregg
Translation by Mariel López

Illustrated by the Disney Storybook Art Team

BuzzPop

Yo me llamo Miguel.
Yo tengo doce años.
Yo vivo en México.

My name is Miguel.
I am twelve years old.
I live in México. (say: MAY-he-co)

¡Yo amo la música!
Yo quiero ser un músico famoso
como Ernesto de la Cruz.

I love music!
I want to be a famous musician
like Ernesto de la Cruz.

Abuelita es mi abuela.
A ella no le gustan los músicos.

Abuelita (say: ah–bwell–EE–tah)
is my grandmother.
She does not like musicians.

Abuelita les dice que se vayan.
Ellos le tienen miedo.

Abuelita tells them to go away.
They are scared of her.

Yo me voy a mi escondite.
Yo toco mi guitarra en secreto.

I go to my hiding place.
I play my guitar secretly.

Solo Dante sabe que yo toco música.
Él jamás me acusaría.
¡Él es un buen perro!

Only Dante knows I play music.
He would never tell on me.
He is a good dog!

Yo paso el tiempo con Mamá Coco.
Ella es mi bisabuela.

I spend time with Mamá Coco.
She is my great-grandmother.

Mamá Coco no recuerda mucho.
¡Yo soy el que hablá más!

Mamá Coco does not remember much.
I do most of the talking!

Hoy es Día de los Muertos.
Nosotros honramos a los miembros
de la familia que han muerto.

Today is Día de los Muertos.
(say: DEE-ya day lose MWARE-tose)
We honor our family
members who have died.

Nosotros ponemos sus fotografías
en la ofrenda.
El padre de Mamá Coco no es honrado
en la ofrenda.

We place their photographs
on the ofrenda. (say: off-REN-dah)
Mamá Coco's father is not honored
on the ofrenda.

El padre de Mamá Coco fue un músico.
Él se fue de casa para tocar música.
Ahora, la música está prohibida
en mi familia.

Mamá Coco's father was a musician.
He left home to play music.
Now, music is forbidden
in my family.

Yo le digo a Abuelita que
también soy un músico.
Ella rompe mi guitarra.

I tell Abuelita that
I am a musician, too.
She smashes my guitar.

Yo no dejo de tocar mi música.
Yo voy a la tumba de De la Cruz.
Yo tomo su guitarra.
Yo empiezo a tocar.

I do not give up on my music.
I go to De la Cruz's tomb.
I take his guitar.
I begin to play.

Pétalos de cempasúchil
me rodean mágicamente.

Marigold petals swirl
around me magically.

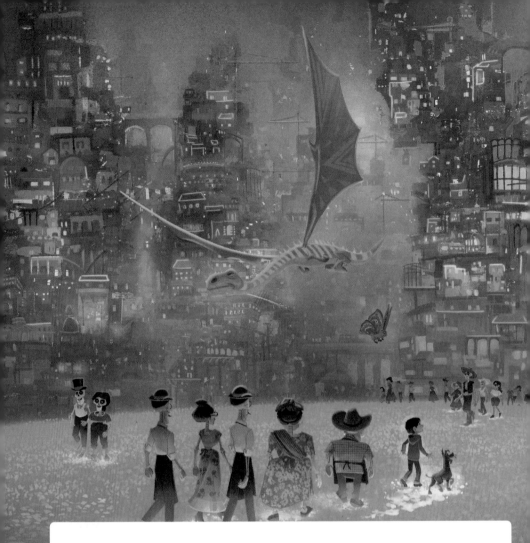

De pronto puedo ver
a los miembros de la familia
que vivieron antes ave yo.

Suddenly, I can see
my family members
who came before me.

Ellos me llevan
a la Tierra de los Muertos.
¡Es increíble!

They lead me
to the Land of the Dead.
It is amazing!

Yo conozco a Héctor.
¡Él también es un músico!

I meet Héctor.
He is a musician, too!

Nosotros pintamos mi cara
como un esqueleto.
¡Nosotros cantamos juntos!

We paint my face
like a skeleton.
We perform a song together!

Después yo veo a De la Cruz.
Yo estoy muy emocionado.

Then I see De la Cruz.
I am so excited.

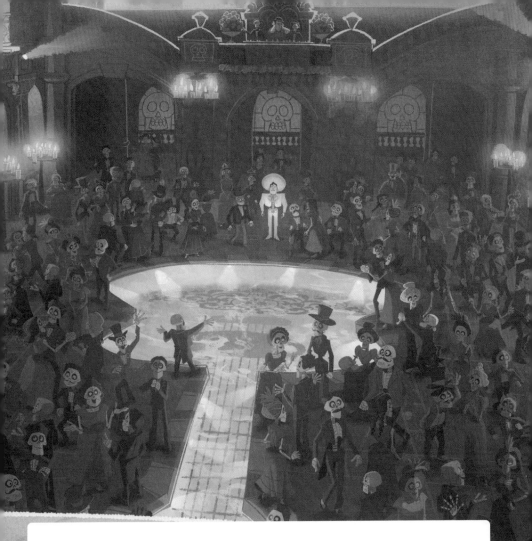

Yo tengo que cantar.
Yo canto para que
todos me puedan escuchar.

I have to sing.
I sing so
everyone can hear.

A Héctor no le gusta
ver a De la Cruz.
Él le robó las canciones a Héctor
cuando eran jóvenes.

Héctor is not happy
to see De la Cruz.
He stole Héctor's songs
when they were young.

Héctor me cuenta sobre
una canción especial.
Él la escribió pra su hija Coco.
¡Héctor es el padre de Mamá Coco!

Héctor tells me
about a special song.
He wrote it for his daughter, Coco.
Héctor is Mamá Coco's father!

Yo regreso a la Tierra de los Vivos.
Yo le tengo que decir a Mamá Coco
que su padre la ama.

I return to the Land of the Living.
I have to tell Mamá Coco
her father loves her.

Yo toco la canción especial
para Mamá Coco.
¡Mamá Coco recuerda la canción!

I play the special song
to Mamá Coco.
Mamá Coco remembers the song!

Mamá Coco y yo cantamos juntos.
Ella recuerda a su padre.
¡Todos estamos felices!

Mamá Coco and I sing together.
She remembers her father.
Everyone is happy!

Ahora nosotros recordamos
a Papá Héctor con cariño.
El Día de los muertos nosotros ponemos
su fotografía en la ofrenda.

Now we remember
Papá Héctor fondly.
On the Day of the Dead, we place
his photograph on the ofrenda.

Yo toco mi guitarra.
Mi familia canta conmigo.
Nosotros celebramos juntos.

I play my guitar.
My family sings with me.
We celebrate together.

Miguel le dice Abuelita a su abuela.
Miguel calls his grandmother Abuelita.

abuela = grandmother
abuel**ita** = grandma, grammy, granny

En español, **"–ita / –ito"** son
terminaciones para palabras que
significan pequeño o
muestran amor.
In Spanish, **"–ita / –ito"** are
word endings that
can mean small or
show love.

vaso = cup
vas**ito** = small cup
pato = duck
pat**ito** = duckling, baby duck
abuelo = grandfather
abuel**ito** = grandpa, gramp, grandad

¿Cuál es tu palabra favorita
para decir "abuela?"
What is your favorite way
to say "grandmother?"

Glosario   Glossary

Día de los Muertos es
una celebración Mexicana para
recordar el alma de los muertos.
Día de los Muertos means
"Day of the Dead" in Spanish.
It is a Mexican festival that
celebrates the souls of the dead.

México es un país en Norteamérica.
Mexico is a country in North America.

Una ofrenda es un altar que se pone
en un hogar y da la bienvenida o
invita a las almas en
el Día de los Muertos.
An ofrenda is an altar in a home
that invites or welcomes souls on
Día de los Muertos.

Olvidar es dejar de recordar o notar
algo o a alguien.
To forget is to stop remembering or
noticing something or someone.

Recordar es tener en mente o pensar
en algo del pasado o tener a alguien
en el pensamiento.
To remember is to bring to mind or
think of something of the past,
or have someone in your mind.

¿Qué otras palabras nuevas aprendiste?
What other new words did you learn?